AF382036

Die wunderbare Reise

des Prinzen Mustafa

von

Friederike Hapel

رحلة الأمير مصطفى الرائعة

The wonderful journey of Prince Mustafa

Le merveilleux voyage du prince Mustafa

Eine Geschichte
in 4 Sprachen

Deutsch und Englisch

von Friederike Hapel

Übersetzt ins

Französische und Arabische

von

Theresa Kawak

© 2023 Elfendalaverlag   Friederike Hapel
Coverdesign   Friederike Hapel
Verlagslabel   Elfendala Verlag
englische Übersetzung   Friederike Hapel
arabische und
französische Übersetzung   Theresa Kawak

ISBN Softcover   978-3-384-05238-4
ISBN Hardcover   978-3-384-05239-1
Korrektorat Deutsch   Birgit Grätz, Petra Schneider
Korrektorat Englisch   Sabine Bock
Korrektorat Französisch   Alina Kawak, Petra Schneider
Korrektorat Arabisch   Yousuf Sayegh, Luna Obeid

Druck und Distribution im Auftrag der Autorin
tredition GmbH,
Halenreie 40-44,
22359 Hamburg, Germany

Das Werk, einschließlich seiner Teile,
ist urheberrechtlich geschützt.
Für die Inhalte ist die Autorin verantwortlich.

Jede Verwertung ist
ohne ihre Zustimmung unzulässig.
Die Publikation und Verbreitung erfolgen
im Auftrag der Autorin, zu erreichen unter:

tredition GmbH, Abteilung "Impressumservice",
Halenreie 40-44 22359 Hamburg,/ Deutschland.

Danksagung

Wir bedanken uns bei allen, die uns unterstützt
und bestärkt haben und damit ermöglichten,
dass diese Ballade nun in dieser Form
veröffentlicht werden konnte.

In erster Linie danken wir Herrn Youssef Sayegh
und Frau Luna Obeid für die Unterstützung
bei der arabischen Übersetzung.

Frau Rita Obeid danken wir
für die Begleitung zur Vorbereitung auf die Premiere.

Wir danken Theresas Schwägerin aus Frankreich,
Frau Aline Kawak, für ihre Hilfe
bei der französischen Übersetzung

und Frau Sabine Bock für das Korrekturlesen
der englischen Fassung und die viele Arbeit,
die sie sich zusätzlich dazu gemacht hat.

Petra Schneider und Birgit Grätz danken wir
für das Korrekturlesen der Gesamtfassung.

Wir danken dem Kulturrat Bochum für die Möglichkeit,
die Premiere in seinem Theater stattfinden zu lassen.

Dem Team der Kulturlinie.Ruhr 308 / 318 danken wir ebenfalls.
Es hat uns durch seine Veranstaltungsreihe einen guten
Rahmen gegeben.

Und zu guter Letzt danken wir ganz besonders
dem Kulturamt der Stadt Bochum,
das uns durch seine Förderung ermöglicht hat
dieses Buch zu veröffentlichen.
Ganz herzlichen Dank an alle!

Friederike Hapel und Theresa Kawak

الشكر
نود ان نشكر كل من دعمنا وشجعنا
وبالتالي ساهم بصياغة هذه القصيدة
وتمكيننا بنشرها.

بداية وقبل كل شيء، نود أن نشكر
السيد يوسف صايغ والسيدة لونا عبيد
للمساعدة في الترجمة العربية.

نود أن نشكر السيدة ريتا عبيد
لمرافقتنا بالتحضير للعرض الأول

نشكر ايضا امرأة أخ تيريزا
السيدة ألين قواق من فرنسا.
لمساعدتنا في الترجمة الفرنسية

والسيدة سابين بوك للتدقيق اللغوي للغة الإنجليزية
نود أن نشكر بيترا شنايدر وبيرجيت غراتز
لتدقيق النسخة بأكملها

نود أن نشكر أيضا مجلس بوخوم الثقافي
للسماح لنا بالعرض الأول في مسرحه..

الشكر الجزيل للفريق Kulturlinie.Ruhr 308 / 318
الذي قدم لنا سلسلة أحداثه بإطارٍ جيد
وأخيرًا وليس آخرًا، نشكر بشكلٍ خاص
المكتب الثقافي لمدينة بوخوم،
الذي قدم لنا كل ما نستطيع تحقيقه
شكرا جزيلا للجميع من خلال دعمه لنشر هذا الكتاب.

Acknowledgements

We would like to thank all those, who have supported
and encouraged us and thus, who made it possible
to publish this ballad in this form.

First and foremost, we would like to thank
Mr. Youssef Sayegh and Mrs. Luna Obeid
for their support with the Arabic translation.

We would also like to thank Ms. Rita Obeid
for her support in preparing for the premiere.

We thank Theresa's sister-in-law from France,
Mrs. Alina Kawak, for her help with the French translation
and Mrs. Sabine Bock for proofreading the English version
and for all the extra work she put in.

We would also like to thank Petra Schneider and Birgit Grätz
for proofreading the complete version.

We would like to thank the Kulturrat Bochum
for the opportunity to hold the premiere in its theater.

We would also like to thank the Kulturlinie.Ruhr 308 / 318
team. Their series of events provided a good framework.

And last but not least, we would especially like to thank
the Cultural Office of the City of Bochum,
whose support has made it possible for us to publish this book.

Many thanks to all!

Friederike Hapel und Theresa Kawak

Remerciements

Nous remercions tous ceux qui nous ont soutenus et
encouragés et ont ainsi permis à cette ballade d'être publiée
sous cette forme.

En premier lieu, nous remercions M. Youssef Sayegh et Mme
Luna Obeid pour leur soutien lors de la traduction en arabe.

Nous remercions également Mme Rita Obeid
pour son accompagnement lors de la préparation
de la première.

Nous remercions la belle-sœur de Theresa, Mme Aline Kawak,
pour son aide à la traduction française et Mme Sabine Bock
pour la relecture de la version anglaise et pour tout le travail
qu'elle a fourni en plus.

Nous remercions Petra Schneider et Birgit Grätz.
pour la relecture de la version intégrale.

Nous remercions le Kulturrat de Bochum pour la possibilité
de permettre à la première d'avoir lieu dans son théâtre.

Nous remercions également l'équipe de Kulturlinie.Ruhr
308 / 318. Elle a fourni un bon cadre grâce
à sa série de manifestations.

Et enfin, nous remercions tout particulièrement
le service culturel de la ville de Bochum,
qui nous a permis, grâce à son soutien de publier ce livre.

Un grand merci à tous!

Friederike Hapel und Theresa Kawak

Die wunderbare Reise
des Prinzen Mustafa

von

Friederike Hapel

رحلة الأمير مصطفى الرائعة

The wonderful journey of Prince Mustafa

Le merveilleux voyage du prince Mustafa

Eine Geschichte
in 4 Sprachen

Deutsch und Englisch
von Friederike Hapel

Übersetzt ins
Französische und Arabische
von
Theresa Kawak

1. Prinz Mustafa aus Barimphur

saß müde im Palast.

Er rauchte Wasserpfeife nur,

weil alles ihm verhasst.

الأميرُ مُصطَفى مِنْ بارمفور

جلسَ في القصرِ مُتعَباً

بـالشيشةِ فقـط مُتسكِعـاً

مَلكَ الكُل وظلَّ مُكتئِباً

Prince Mustafa from Barimpour
sat tired in his palace.
He only smoked the Nargileh
because of all his ballasts.

Prince Mustafa de Barimphur
était assis fatigué dans son palais,
il ne fumait que le narguilé
parce que toute chose lui déplaît.

2. Da sah er plötzlich, zart und fein,

ein Djinnymädchen steh'n.

Sie tanzte leicht im Mondenschein

und war so wunderschön

فجأةً رأى شيئاً ساحِراً,خَلّاباً

فتـاةً مِـنَ الجِـنِّ رائـعـةً

رقصتْ بِخِفةٍ في ضَوءِ القمرْ

جَمـالُها فـاتِـنٌ يُبْهِـرُ البـصَرْ

Then suddenly, so graceful and fine,

he saw a Djinnygirl standing there.

She danced lightly in the moonlit shine

and she floated so beautyfully through the air.

2. Tout à coup, il a vu tendre et fin

une jeune djinny rayonnante.

Elle dansait légèrement au clair de lune

et était si charmante.

3. Im Fensterbogen tanzte sie,

von Schleiern sanft umweht,

von Leuchten, Strahlen ganz erfüllt,

dass es ins Herze geht.

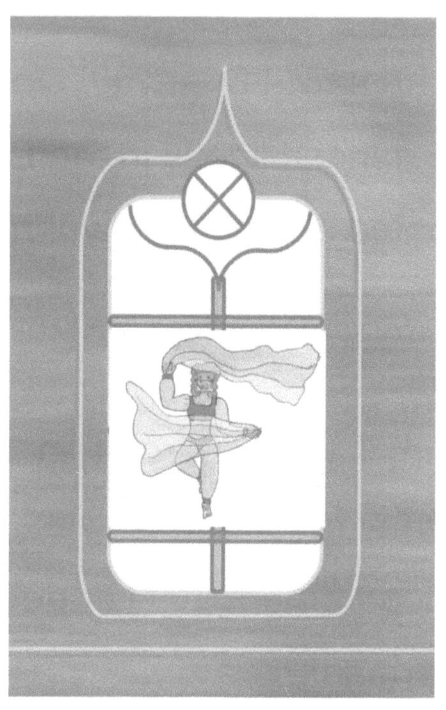

رقصتْ لهُ في قَوسِ النافِذةْ

ملتفةٌ بوشاحِها الساحِرةْ

مليئةٌ بالأشِعـةِ والأنوارْ

تُـفْـتِـنُ القُلوبَ والأنظارْ

In the window arch she danced,

softly blown around by veils,

filled with light and radiance

that opened the heart to fairy tales.

3. Dans l'arc de la fenêtre elle dansait

par de voiles doucement enveloppée,

complètement rempli de rayons et de lumière,

De sorte, que ça va directement au coeur.

4. Der Prinz in seinem kleinen Traum

sprang auf und wollt sie zieh'n,

hinein in des Palastes Raum,

doch sie, sie konnte flieh'n.

الأميرُ في حُلمِهِ القَصيرْ

أرادَ سَحْبَها دُونَ تَفكيـرْ

لِغُرْفَةٍ في القَصْرِ الكبِـيرْ

لكِنّها اِستَطاعَتْ أنْ تَطيرْ

The prince in his little dream

jumped up and wanted to pull her

into the room of the palace.

But she, she could escape anywhere.

4. Le prince, dans son petit rêve,

s`est levé et voulut la tirer

dans la salle du palais,

mais elle, elle a pu s'échapper.

5. So saß sie oben auf dem Sims

des Fensters im Palast

und sprach ins Herz des Prinz´

hinein, etwas, was ihm nicht passt.

جَلَسَتْ عالِياً على الحَافَةْ

في نـافِذَةِ القَصرِ العـالِيـةْ

و هَمَسَتْ في قَلْبِ الأميرْ

شَـيئـاً مـا يُـثـيـرْ

So she sat on top of the ledge

of a window in the palace

and spoke into the heart of the prince

something that he felt as a ballast.

5. Elle était assise sur le rebord

de la fenêtre du palais

et murmurait au cœur du prince

quelque chose qui lui déplait.

6. „Mein Prinz," so sprach sie sanft und schön,

„Du sollst mein Gatte sein,

doch erst musst Du die Menschen seh´n,

von Trägheit Dich befrei'n.

7. Wahrhaftig, aufrecht, mutig geh'n,

der Klarheit Diener sein,

demütig vor den Menschen steh'n,

dein Herz der Liebe weih'n.

قالتْ أميري بِلُطْفٍ و وِدادْ
ستكونُ زَوجيَ المِقدادْ
لَكنْ عَليكَ أولاً أَنْ تَرى الناسْ
وتَخْلَعْ عَنكَ كَسَلَ الإحْسـاسْ

سِرُّ بِشَجاعةٍ بالحَقِ والحَقيقَةْ
وكن خادماً للوضُوحِ والعَدالةْ
ابقَ عَطوفاً وَديعـاً مَعَ النـاسْ
وقلباً بالحُبِ صافياً كالألماسْ

"My prince," she spoke so gently and fine,
"You shall become the husband of mine,
but first you must see all humanity
and rid yourself of your lethargy.

Walk truthfully, uprightly and bravely,
be a servant of clarity,
stand before people in humility,
dedicated to love your heart shall be.

6. "Mon prince" dit-elle belle et doux,
"Tu seras mon époux,
mais tu dois d'abord voir les gens
te libérer de la paresse énormement.

7. Marcher avec droiture, courage et vérité,
être le serviteur de la clarté,
se tenir humblement devant les gens,
à l'amour, ton cœur est dédié.

8. Drei Zeichen sollen leiten Dich

auf Deinem Weg ins Glück,

sieh´ Kugel, Feder und das Licht

und komme heil zurück.

إشاراتٌ ثلاثةٌ ستقودُكَ

إلى دَربِ السَعادَةِ تُرشِدُكَ

انظُرْ: الكُرةَ,الريشَةَ والنورْ

وَعُدْ لنا بِالبَرَكَةِ والسُرورْ

Three signs shall guide you

on your way to luck.

See ball, feather and this light

and safely shall be thy comeback.

8. Trois signes doivent te guider

sur ton chemin vers le bonheur,

vois boule, plume et la lumière.

Et reviens en bonne santé et sécurité.

9. Ich bin bei Dir auf Deiner Reis',

wann immer Du mich rufst,

erscheine Dir auf gleiche Weis',

wenn Du nach Hilfe suchst."

أكونُ مَعَكَ في السَفَرْ

عِندما تُرْسِلُ ليَّ الخَبَرْ

ظاهِرةٌ أمامَكَ بِالنَظَرْ

حينما تَطلُبُ العَونَ في الخَطَرْ

I´m with you on your journey,

whenever you call me,

appear to you in the same way,

when the request for help is coming from thee."

9. Je suis avec toi dans ton voyage,

chaque fois que tu m' appelleras,

je t'apparaitrai de la même manière,

quand tu cherches un aide nécessaire."

10. So sprach sie und verschwand dann gleich.

Der Prinz, der schlief fest ein

und glaubte dann am nächsten Tag,

es sei´n nur Spinnereien.

قَالَتْ هَذا واخْتَفَتْ عَلى عَجَلْ

والأميرُ بِنَومِهِ غَائِصٌ بِلا أَجَلْ

وظَنَّ في اليومِ التالي

أَنَّهُ كانَ في حُلْمٍ خيالي

So she spoke and then disappeared.

The prince quickly fell asleep

and then the next day he believed,

it was only nonsense he had to keep.

10.   Elle dit cela et aussitôt disparut.

Le prince s'endormit profondément

et le lendemain, il crut,

que ce n'était qu'une illusion.

11. Doch wie erschrak der junge Mann,
als er den Saal betrat,
auf seinem Diwan fand er vor
die Dinge auf Brokat.

12. Licht, Feder, Kugel und ein Wams
für Reisende gemacht.
Sein Diener sagte freundlich ihm:
„Die wurden grad´ gebracht.

لكنَّ الشابَ اليافِعَ تفاجأ

عندما دَخلَ القاعةَ وارتَبكُ

على كرسي عرشِه اكتَشفْ

أشياءَ على الديباجِ كالتُحَفْ

ضوءٌ ريشَةٌ كرةٌ و سِترةٌ

مصنوعةٌ للمُسافِرينَ بدِقةْ

قال خَادمُهُ بِلُطفٍ وَ رِقَّةْ

لقدْ أُحضِرَتْ لِلتَو بخِفَّةْ

But how startled the young man felt,

when he entered the hall.

On his divan he found all,

all these things on the brocade.

Light, feather, ball and a doublet

made for travellers on the road.

His servant kindly said to him:

"These all have just been brought.

11. Mais comme le jeune homme fut éffrayé,

quand il entra dans la salle étonné.

Sur son divan, il trouva

toutes les choses sur le brocart.

12. Lumière, plume, boule et un gilet

font pour les voyageurs bien arrangés.

Son serviteur lui dit aimablement:

"Ils viennent d'être amenés.

13. Vor dem Palast steht ein Kamel

von ganz besond'rer Art,

des Augen sind von lieber Seel'

und es trägt einen Bart."

أمامَ القَصرِ يَقِفُ جَمَلٌ غَريبْ

مِنْ نَوعٍ نادِرٍ وعَجيبْ

عُيونُهُ تَنُّمُ عَنْ روحٍ طَيّبةْ

و له لِحيَةٌ غريبةْ

In front of the palace stands a camel
of a very special kind,
whose eyes are of a lovely spirit
and it has a beard you rarely find.

13. Devant le palais se trouve un chameau
d'une espèce très particulière,
dont les yeux sont d'une âme trés chère
et il porte une barbe étrangère".

14. Da seufzte auf der junge Prinz:

„So sei es, wie es sei."

Zog an das Wams, den Turban auf,

nahm Stiefel und der Dinge drei.

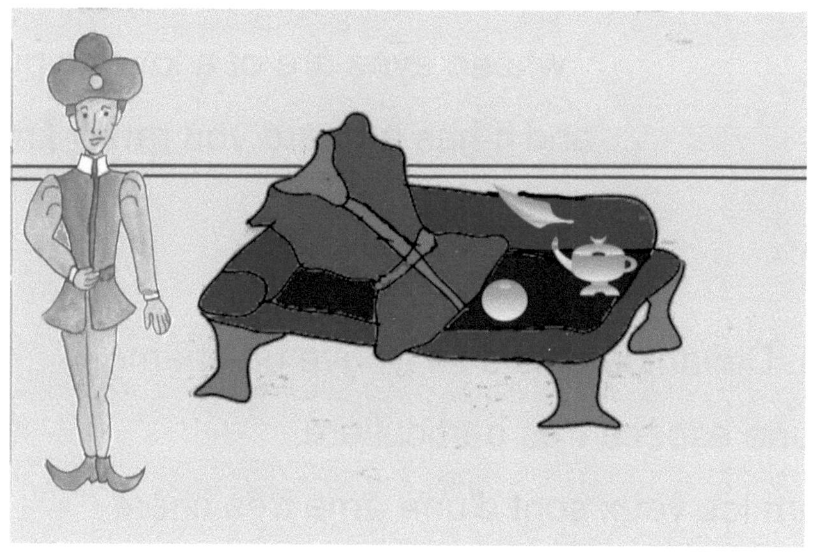

تنهَّدَ الأميرُ اليافعُ النعسانْ

فليكنْ ما هو ليسَ بالحُسبانْ

لبسَ السِترَةَ والعمامةْ

واخذَ الجَزمةَ والثلاثةْ

Then the young prince sighed up:

"That's how it is, that's how it should be."

Put on his doublet and his turban,

took his boots and the things, all three.

14. Le jeune prince poussa un soupir:

"Qu'il en soit ainsi dire."

Mit le pourpoint et le turban,

prit les bottes et les trois choses autres.

15. So ausgerüstet trat er dann

entschlossen vor das Tor

und sprach auch seinem Diener an:

„Ich habe etwas vor.

16. So hüte mir Palast und Reich,

bis ich einst wiederkehr',

sei gnädig und zu allen gleich

und so den Segen mehr´.“

امتثلَ الأميرُ بِلِباسِهِ المُهابْ

وتقدّمَ بإصرارٍ صَوبَ البابْ

ثم توجَّهَ إلى خادِمِهِ بالكلامْ

لديَّ عملٌ؛ لتعلم بالتمامْ

حافظْ على القصْرِ والمَملكةْ

إلى حين عودَتي بالسلامةْ

كنْ رَحيماً وصادِقاً معَ الأنامْ

لِكَي تَعُمَّ السعادةُ والسلامْ

Thus well equipped he then strode

resolutely in front of the gate.

To his servant he then spoke:

"I have something in mind, that cannot wait.

So guard my palace and my kingdom,

until I return one day

be merciful and fair to everyone

and so the blessings will increase and stay."

15. Ainsi équipé, il s'est ensuite présenté
résolument devant la porte
et s'adressa à son serviteur:
"J'ai quelque chose de spécial à faire.

16. Garde-moi le palais et le royaume,
jusqu'à ce que je revienne,
sois miséricordieux et égal envers les gens
et multiplie les bénédictions tout le temps."

17. Der Diener senkte still sein Haupt.

Er war ein guter Mann

und hat mit Liebe und Verstand

den rechten Dienst getan.

أوماً الخـادِمُ رأسَـهُ باحتِـرامْ

هوَ شخْصٌ جيدٌ دائمُ الابتِسام

لديهِ الحبُ والعقلُ والاحتكامْ

يُنْجِزُ مَهامَهُ بكلِ دقةٍ واهتمامْ

The servant quietly bowed his head.
He was a truly honest man
and did with love and understanding
the right service for everyone.

17. Le serviteur baissa la tête en silence.
C'était un homme de bon sence
il a fait preuve d'amour et de compréhension
et rendait le bon service avec ambiance.

18. Sein Knie nun beugte das Kamel,

der Prinz ritt in das Land,

ließ führen sich von seiner Seel',

erreichte bald den Strand.

أحنى الجملُ رُكْبَتيهِ بِودادْ

فرَكِبَهُ الأميرُ عِبرَ البِلادْ

و أطلقَ العَنانَ لنفسِهِ باطمِئنانْ

إلى أنْ وصلَ الشاطِىَ بِأمانْ

The camel bent his knee very low,

the prince rode into the land

and let his soul guide him to go,

and soon reached the strand.

18. Le chameau plia le genou,

le prince chevaucha à travers le pays,

il se laissa guider par son âme,

et atteindra la plage bien calme.

19. Der Abend kam, mit ihm ein Schiff,

das trug ihn über´s Meer.

Des Morgens stieß es auf ein Riff.

Da lag es müd' und schwer.

حلَّ المَساءُ و بِصُحْبَتِهِ قارِبْ

اجتازَ بِهِ البَحرَ الصاخْبْ

صباحاً اصْطدمَ بِصَخرةٍ

مِمّا جعلتْهُ مُتعباً و بِلا عَزيمةٍ

The evening came, with it a ship

that carried him across the sea.

In the morning it ran onto a reef

There it lay tired and heavily.

19. Le soir vint et avec lui un navire,

qui le transporta sur la mer.

Au matin, il heurta un récif.

Il était là, fatigué et lourd sur la terre.

20. Piraten kamen ganz geschwind

und plünderten das Wrack.

Sie nahmen mit den jungen Prinz´,

„Los eile Dich, zack zack".

جاءتِ القَراصِنةُ بِسُرعَةِ البَرقْ

و نهبتِ الحُطامَ بِخفةٍ و بلا فرقْ

حامِلةً مَعَها الأميرَ الشابْ

بسُرعَةٍ وخِفَةٍ تِيك تاكْ تاك

Pirates came pretty fast

and plundered the wreck.

The young prince was picked up at last.

"Quick, quick, hurry up, on deck."

20. Des pirates arrivèrent à toute vitesse

et pillèrent l'épave avec agilité,

ils emmenérent le jeune prince

"Grouille toi, Dare Dare, Dare Daré."

21. Ins Ruder banden sie ihn fest,

die Peitsche konnt' er fühlen,

bis er dem Rhythmus angepasst

der Sklaven in den Sielen.

22. Die zarten Hände bluteten

gar bald und taten weh.

Die Tränen waren voller Salz

und stürmisch war die See.

رَبَطوهُ بقوةٍ على المِجدافْ

ليشعُرَ بالسوطِ على الأكتافْ

حتى يَتَكَيَّفَ مَعْ إيقاعِ التَجديفْ

كعبدٍ في الأسْرِ يخضَعُ للتَعْنيفْ

نَزفتِ الأيادي الناعمةُ دماً

والألمُ أخَذَ مِنها مأخذاً

الدُموعُ مِلؤها المِلحُ تَنْهَمِرُ

والبَحرُ الصاخِبُ يُزَمْجِرُ

They tied him firmly to the oar

to feel the hurting whip,

until he matched to the rhythm

of the slaves in the ship.

The sensitive hands bled

very soon and began painful to be.

The tears were full of salty drops

and stormy was the sea.

21. Ils l'attachèrent au gouvernail,

qu'il pouvait sentir le fouet,

jusqu'à ce qu'il s'adapte au rythme

des esclaves dans les cordages.

22. Les mains délicates saignaient

et rapidement ont été blessées.

Les larmes étaient pleines de sel

et la mer était agitée.

23. Mit Furcht im Herzen und auch Zorn,

so saß der Prinz an Deck

und dachte an die Djinnymaid:

„Wo hat sie ihr Versteck?"

الخوفُ والغضبُ في القلبِ سويّةْ
جلسَ الأميرُ على السطحِ يُفَكِرُ مَليّةْ
سارحاً بِفِكْرِهِ عَن الجِنيّةْ
مُتَسائِلاً.. أينَ هيَ مُتَخَفِيَّةْ؟

With fear in his heart and also rage

the prince sat on his place

and thought about the Djinnymaid:

"Where does she have her hiding base?"

23. La peur au cœur et aussi la colère,

le prince est assis au bord du pont,

pensent à la vierge Djinny:

"Où se cache-t-elle en ce moment?"

24. Da hüllte ihn ein Schleier ein,

der wärmete sein Herz.

Die kleine Djinny kam herein

und heilte seinen Schmerz.

و بعدَ ذلكَ لفّهُ حِجابْ

ملأ قلبهُ دِفئاً و رِحابْ

دَخلتْ الجنّيةُ الصَغيرةْ

و داوتْ جِراحَهُ المَريرَةْ

Then a veil enveloped him

that warmed up his heart.

The little Djinny cameth in

and softly healed his smart.

24. Cèst ainci qu'un voile l'enveloppa,

qui lui réchauffait le cœur.

La petite Djinny entra

et guérit sa douleur.

25. „Vertrau und glaube und versteh´,“

so sang's in seinem Ohr.

„Auch wenn die Schmerzen in der Näh´,

Du hast noch etwas vor.“

ثقْ , آمنْ و تمعَّنْ

همستُ بأذنيهِ بتأنٍّ

عِندما يُحيطُكَ الألمْ

لديكَ مهامٌّ عديدةٌ جَمَمْ

"Trust and believe and understand."

So it sang in his ear.

"Even though the pain is near

You still have something to do, forget your fear."

25. "Fais confiance, crois et comprends."

Lui chanta-t-elle à l'oreille:

"Même si la douleur est là,

tu as encore quelque chose à faire".

26. Da legte sich sein Seelensturm

und auch die See ward still,

der Kapitän trat vor ihn hin

und sprach: „Hör zu, komm mit, ich will

27. auf diese Insel dort im Meer.

Du sollst mein Lotse sein.

Schwing Dich hinauf ins Krähennest

und weise mich gut ein."

فهدأتِ العاصِفَةُ في نَفْسِهِ المُضْطَرِبةُ

وسكنتْ أمواجُ البحرِ الهادِرَةْ

اقتربَ صَوبَهُ القُبطانْ

وقالَ:اسمعْ ٫اتبعني

هناك على تلكَ الجزيرةِ في البحرْ

ستكونُ مُرشدي الأغَرّ

تتأرجَحُ في عُشِّ الغُرابْ

و ُتعْلِمُّني بالأخبارِ العِجابْ

Then the storm of his soul calmed down

and the sea also was still.

The captain stepped in front of him

and said: "Listen, come with me, I will

go to that island there in the sea.

You shall be my pilot.

Swing yourself up into the crow's nest

and guide me well to the islet."

26. Alors, la tempête de son âme s'apaisa

et la mer se calma aussi.

Le capitaine s'approcha de lui

et dit: "Écoute, viens avec moi, je veux

27. sur cette île, là-bas, dans la mer.

Tu seras mon pilote super.

Balance-toi dans le nid du corbeau

et donne-moi des instructions bien bons."

28. Der Prinz bestieg den Masten hoch
und war zutiefst erschreckt,
denn vor der Insel war ein Riff.
Der Eingang lag versteckt.

صَعَدَ الأميرُ إلى الصاري العالي
مُرتعِشاً مِنَ الخَوفِ و لَمْ يُبالي
أمامَ الجَزيرَةِ شِعابٌ صَخْرِيَّةٌ
والمَداخِلُ إليها تكونُ مَخْفيةٌ

The prince climbed up the mast so high

and he was deeply afraid

´cause in front of the island was a reef.

The entrance was hidden behind a blockade.

28. Le prince monta en haut du mât

et fut profondément effrayé,

car il y avait un récif devant l'ile.

Et l'entrée était cachée.

29. „Oh Djinnymädchen, zeige mir

den rechten Weg an Land,

denn sonst versterben alle hier

und fern bleibt dann der Strand."

أرشديني يا جِنيّتي الصَغيرةْ

إلى الطريقِ الصحيحة للبَريَةْ

وإلا.. فالمَوتُ سَيُسَرْبِلُ لِلْجَميعْ

و يَبْقى الشاطِىُ بعيداً يَضيعْ

"Oh Djinny Girl, please show to me

the right way to the land,

for otherwise all here will die

and far away remains the strand."

29. "Ô fille Djinny, montre-moi

le bon chemin vers l'ile,

sinon tout le monde mourra ici.

Et la plage restera loin toute la vie."

30. Er sah die kleine Djinnymaid
und hört ihr Wort gut an:
„Nun leg' die Feder in den Wind
und folge ihrer Bahn."

ظَهَرتْ لَهُ الجِنِّيّةُ الصَغيرةْ
وسمع أقوالَها النَيِرَةْ
ارْمي الريشَةَ حالاً في الرياحْ
واتبَعْ مَسارَها بارْتياحْ

He saw the little Djinnymaid
and heard her word so well:
"Now throw the feather to the wind
and follow straight her trail."

30. Il vit la petite Dinnymaid
et écouta bien ses paroles:
"Maintenant, jette ta plume au vent
et suis son chemin, exactement."

31. Der Prinz befolgte ihren Rat,

so kamen sie an Land.

Der Kapitän lobt' ihn gar sehr

und bot ihm seine Hand.

32. „Willst Du bei mir Geselle sein?

So lehr` ich, was ich kann

und sollt' ich einmal sterben geh'n

dann wärest Du wohl dran."

أطاعَ الأميرُ نَصيحَتَها العَظيمَةْ

فَوَصَلـوا إلـى اليـابِسَةِ الأمـينَةْ

هنأهُ القبطانُ كثيراً

فَمَدَّ لَهُ يَدَ الشُّكْرِ وفيراً

أتُريدُ أنْ تَكونَ تِلْميذاً لديَّ

أُعَلِّمُكَ كلَّ ما لديَّ

وعِندَما أُفارِقُ الحَياةْ

تكونُ خَليفَتي بالمُوازاةْ

The prince obeyed her advice

and so they came to land.

The captain praised him very much

and offered him his hand.

"Do you want to be my journeyman?

Then I´ll teach you what to do

and if one day I pass away

then the leading man shall be you.

31. Le prince suivit sa conseil,

et ils débarquèrent.

Le capitaine le félicita beaucoup

et lui offrit sa main.

32. "Veux-tu être mon compère ?

Je tenseignerai ce que je peux

et si un jour je dois mourir

alors ce sera ton tour, sans fuir."

33. Der Prinz erschrak:" Was soll ich tun?

Oh, Djinnymaid, schnell, still."

„Sag ihm nur zu und lern´ genau,

tu alles, was er will!"

ارتَبَكَ الأميرُ في أمرِهِ المُحَتَمْ

فباشرتهُ الجنّيةُ بالصَمَمْتِ المُبْرَمْ

كُنْ لِطَلَبِهِ مُجيبا

وتَمّمْ أمرَهُ مُطيعاً

The prince was scared: "What shall I do?

Oh, Djinnymaid, quick, come here."

"Just tell him yes and study hard,

do what he wants and have no fear."

33. Le prince était effrayé: "Que dois-je faire?

Oh, Djinny, vite, ne bouge pas."

"Fais-lui confiance et écoute bien,

fais tout ce qu'il voudra."

34. So nickte stumm der junge Prinz
und lernte viel versteh'n.
Er lernte Not und Überfluss
im rechten Lichte seh'n.

هَّزَ الأميرُ رأسَهُ بِصَمْتٍ وَفِطْنَةٌ

وتَزَوَدَ بِمَعلوماتٍ وفيرةٌ

تعلّمَ.. ولمسَ البؤسَ والثراءْ

وأبصرَ الحياةَ بِنورٍ وصَفاءْ

So the young prince nodded silently
and learned to understand many a sight.
He learned to see abundance and misery
in the right kind of light.

34. Ainsi le jeune prince hocha la tête
et apprit beaucoup de choses.
Il a apprit la misère et l'abondance
sous leur vrai apparence.

35. Begriff, wie nötig auf der Welt

die Liebe und das Glück,

das Mitgefühl und Wahrheit sind.

Er wuchs ein großes Stück.

أدركَ ضَرورَةَ تغييرِ الحياةْ

إلى الحاجةِ للحُبِ والأناةْ

أيقنَ أهمّية الحقيقة والصفاءْ

فازدادَ نمّواً ومَعرِفةً وهناءْ

Learned, how necessary in the world
love is and felicity,
compassion and the truth are too.
He grew both extern- and internally.

35. Terme, comme nécessaire dans le monde
l´amour et le bonheur,
la compassion et la vérité.
Il a mûri d´un grand pas supérieur.

36. Da wurd' nach einem ganzen Jahr
das Schiff gefangen und zerstört,
der Kapitän, der starb dabei,
die Mannschaft eingesperrt.

وبعدَ سنةٍ كاملةٍ مضتْ
قُبضَ على السفينةِ وتحطّمتْ
ماتَ القُبطانُ بِشكلٍ مُريعْ
وسُجِنَ الطاقَمُ بِحَبْسٍ فظيعْ

After a whole year passed away

the ship was captured and destroyed,

the captain died on that day,

the crew was quickly arrested by might.

36. Alors, après une année entière

le navire fut capturé et détruit.

Le capitaine est mort sur le coup,

l'équipage fut emprisonné en tout.

37. Da bat der Prinz die Djinnymaid:

„Oh, hilf uns, liebes Kind,

und führ uns aus dem Kerker raus

bis wir ganz sicher sind."

استَنْجَدَ الأميرُ بالجنيّةِ الصَغيرةْ

ساعدينا أيتها الطفلةُ الأميرةْ

وأخْرِجينا منَ الزِنزانةِ اللعينةْ

حتى نكونَ في الأيادي الأمينةْ

Then the prince asked the djinnymaid:
"Oh, help us, dearest child,
and lead us all out of the cell
until we are quite safe and well."

37. Alors le prince demanda à djinnymaid
"Oh, aide-nous, chère enfant
et fais-nous sortir de ce donjon
jusqu'à, en sécurité nous soyons."

38. „Die Kugel nimm und folge ihr
und denk daran, vertrau´!
Sie weist Euch einen guten Weg
und kennt ihn ganz genau."

خُذْ الكُرَةَ واتبعها
وتذكَرْ بأنْ تَثِقَ بها
هي تُرشِدُكَ للطريقِ الصَحيح
وتَعْرِفُ كاملَ الدربِ الفَسيحْ

"Take the ball and follow it
and remember, trust!
It will show you a good path
and knows it very much."

38. "Prends la boule et suivez-la
et souvenez-vous, faites confiance!
Elle vous montre le bon chemin
et le connaît parfaitement."

39. Der Prinz, der nahm die Kugel auf

und legt sie vor sich hin.

Da öffnet sich ein Bodengang,

so konnten alle flieh'n.

التقطَ الكُرةَ الأميرْ

ورماها للأمامِ لتسيرْ

ففُتِحَ لهم سردابٌ أرضيٌّ

ليتمكّنَ الجميعُ بالفرارِ السريِّ

The prince, he picked up the ball

and placed it in front of himself.

There opens wide a floor passage

so that all could escape.

39. Alors le prince prit la boule

et la posa devant lui.

Un passage s'ouvre alors dans le sol

et ainsi tous purent s'enfuir.

40. Tief in die Erde reicht er rein

mit allerhand Getier,

mit wenig Luft und Lichterschein

und mancher sprach: „Ich frier´!"

يصلُ إلى عُمقِ الأرضِ الغائرةْ

معَ جميعِ الحيواناتِ الوافِرةْ

معَ القليلِ مِنَ الضَوءِ و الهواءْ

حيثُ شعرَ البَعضُ بالبَردِ و البلاءْ

Deep into the earth it reached

with all kinds of beasts,

with little air and light to shine

and many a one said: "I freeze."

40. Il mène profondément dans la terre

avec toutes sortes d'animaux,

avec peu d'air et de lumière

et certains on dit: "J´ai froid!"

41. Wohl Stund´ um Stunde gingen sie,

vergaßen Raum und Zeit.

Da plötzlich rollt die Kugel schnell,

leucht' auf ein Licht, ganz weit.

سـاروا ساعةً فساعةً قَدْرَ الإمْكانْ

وتنـاسَوا الزمانَ و المَكانْ

فجأةً , تَدَحرجتِ الكُرةُ بسُرعة

وأضـاءَ نورٌ مِنْ بعيدٍ بِبُرْهَةْ

Hour after hour they walked on,

forgetting time and space.

Then suddenly the ball rolled fast,

a light shines far away on a place.

41. Heures après heures ils marchaient,

Oubliant l'espace et le temps.

Soudain, la boule roule à toute vitesse,

une lumière s'allume tout au fond.

42. „Seht nur, gleich haben wir's geschafft,

dann sind wir wieder da

und finden einen guten Weg

zum Wasser, wunderbar."

أُنظرْ لقدْ أوشَكْنا على الانتهاءْ

ونَحنُ في طَريقِنا للعَودَةِ بِعَناءْ

ووجدنا الطَريقَ الصحيحْ

ونحظى بِالماء جداً بديعْ

"Look folks, we're almost there,

then we'll be back again

and we'll find a very good way

to the water, oh man."

42. "Regardez, nous y sommes presque,

et nous serons de retour la-bas

et trouverons un bon chemin

jusqu'à l'eau, merveilleux, hurrah!"

43. Doch als sie dann dem Licht ganz nah

und hörten Stimmenklang,

da wurd' es ihnen sonderbar

von heiligem Gesang.

وعندما اقتربوا من النورْ

سمعوا أصواتاً من الصُدور

فانتابتهم عاطفةٌ عجيبةٌ

حِيالَ الترنيمةِ المُقدسةْ

But when they were very close to the light

and heard the voices sound

they felt a strange sense inside

of sacred singing around.

43. Mais lorsqu`ils furent tout près de la lumière

et entendirent des voix

ils se sentirent tout à fait étrangers

de leurs chansons sacrés.

44. Ein Tempel war's, ein hohes Haus,

mit sanften Menschen drin,

die säuberten die Kleidung schnell

und brachten Medizin.

كان معبداً و منزلاً بالعلاءْ

بداخِلهِ.. الناسُ جداً ظرفاءْ

نظفوا الملابسَ بِسرعةْ

وجلبوا الأدويةَ بِوفرةْ

It was a temple, a high house
with gentle people in,
who cleaned their clothes very quick
and brought them medicine.

44. C'était un temple, une haute maison,
avec des gens doux à l'intérieur,
qui nettoyaient les vêtements rapidement
et apportaient des médicaments.

45. Die ganze Mannschaft ward versorgt

mit Bädern, Speis´ und Trank,

gelindert wurde manche Qual,

geheilt, wer schwach und krank.

تَمَ الاعْتِناءُ بالطاقم كاملاً

اغتسالاً و طعاماً وشراباً

خُفِفَتْ عَذاباتُ المُتألمينْ

وعُولجَ المرضى والسَقيمينْ

The entire crew was provided for

with baths, food and drink,

many a pain was very well treated,

healed the weak and suffering.

45. Toute l'équipe a été prise en charge.
avec des bains, de la nourriture et des boissons,

certains tourments ont été soulagés,

les faibles et malades furent soignés.

46. Drei Tage wurden sie gehegt,

dann kam der Tempelherr

und fragt den Prinzen,

wer er sei und auch nach dem Begehr.

دامتْ رِعايتُهم ثلاثةَ أيامْ

ثم جاءَ سيدُ الهيكلِ باحترامْ

ليتعرّفَ على الأميرِ باهتمامْ

مَنْ يكون و ماذا يُريدُ بالتمامْ

For three days they were in good care.
Then the temple lord came
and asked the prince about his desire
and also his true name.

46. Ils furent traités pendant trois jours,
puis le maître du temple vint
et demanda au jeune prince de lui dire
sa provenance et son désir.

47. Der Prinz, er wollte täuschen ihn,

da war die Djinny da:

„Vertrau, bleib wahrhaft, ´s ist Segen drin,

die Rettung schon ganz nah!“

أرادَ الأميرُ المراوغةْ

لكنَ الجنيّةَ كانتْ حاضِرةْ

قالتْ؛ ثِقْ بِه وابقَ صادِقاً

لقدْ باتَ الخَلاصُ قريباً

The prince, he wanted to deceive him,

but soon the Djinny was here:

"Trust, stay true, there are blessings in it,

salvation is very near."

47. Le Prince voulait le tromper,

c'est alors que la djinny arriva.

"Confiance, reste, vrai, c'est la bénédiction,

le salut est déjà là."

48. Da seufzte schwer der junge Prinz
und sagte, wer er sei.
Da neigte tief sein Haupt der Herr
und gab ihm alles frei.

تنـهّدَ الأميرُ الشابُ مليّاً

وعَرَّفَ عَنْ نَفْسِهِ جليّاً

فأحْنى لَهُ السَيدُ رأسَهُ احتِراماً

وأعْطاهُ كلَ ما يُريدُهُ مَجاناً

Then the young prince heaved a sigh
and said who he really is.
Then the Lord bowed low his head
and gave him everything he missed.

48. Le jeune prince poussa un soupir
et il dit qui' il était.
Alors le Seigneur baissa la tête
et lui donna tout ce qu'il voulait.

49. Nur eine Bitte habe er

für seinen Tempel hier.

Da brauche er das wahre Licht:

„Ich weiß, es ist bei Dir.“

السيدُ لديهِ طَلَبٌ واحدْ

لِهيكلِهِ هُنا المُتَواجدْ

هو يحتاجُ إلى النورْ

أَعلمُ بيقين أنهُ لديكْ

Only one request he had

for his temple here.

There he needs the truest light:

"I know, you have it near."

49. Il n'avait qu'une seule demande

pour son temple là.

Il a besoin de la vraie lumière:

"Je sais, qu'elle est avec toi."

50. Da nahm der Prinz das Licht heraus

und gab es gerne hin.

Dann zog mit allen er nach Haus.

Die Djinny leitet ihn.

أَخْرَجَ الأميرُ النورْ

وَأعطاهُ لَهُ بِكُلِ سُرورْ

وعادَ مَعَ الجَميعِ بِسَلامْ

والجنّيّةُ تُوَجِّهَهُ بأمانْ

So the prince took out the light

and gave it to the Lord with joy.

Then he went home with everyone,

the Djinny guides him on his way.

50. Le prince sortit alors la lumière.

Et la donna volontiers.

Puis il rentra chez lui avec tout le monde.

La djinny le guida avec plaisir.

51. Und als er heimkam in sein Reich,

die Djinny schnell verschwand.

Er ritt bedächtig, sah viel mehr

der Menschen und verstand.

ولماّ عادَ إلى مَمْلَكَتِهِ الآمِنَةْ

اخْتَفَت الجنيّةُ بِسُرعَةٍ فائِقةْ

فَسَرَحَ بِأفكارِهِ وجالَ بِإمْعانْ

وفَهِمَ بِأنَ المَقصودَ هوَ الإنسانْ

And when he came home to his kingdom,

the djinni went away very fast.

He rode thoughtfully, seeing much more

of the people and understood things on his path.

51. Et quand il rentra dans son royaume,

la djinny rapidement a disparut.

Il chevauchait lentement, voyait beaucoup plus

des humains et comprit.

52. So kam er heim zu dem Palast

von dem er einst zog fort.

Nun, ganz gelassen, trat er ein

und fand die Liebste dort.

وعَادَ أخيراً إلى قَصرِهِ راضياً

الذي رَحَلَ عَنْهُ زَمانـاً ماضياً

الآنَ دَخَلَ إليهِ بِسَكينةٍ كامِلَةٌ

وَ وَجَدَ هُنـاكَ حَبيبتَهُ المُخْلِصَةُ

So he came back to the palace

from which he had once moved away.

Now quite calm he entered

and found the beloved willing to stay.

52. C'est ainsi qu' il rentra au palais,

qu'il avait autrefois quitté.

Maintenant, il y entrait en sérénité

et trouva sa bien-aimée.

53. „Jetzt kann ich immer bei Dir sein,

ich bin vom Fluch befreit.

Ich danke Dir für Deinen Mut,

steh´ ewig Dir zur Seit´."

الآنَ يُمكِنُنا أنْ نكونَ سَويّةْ

فأنا تَحَرَّرْتُ مِنَ اللعْنَةِ العَصيّةْ

شُكراً لكَ على شجاعتِكَ القويّة

سأكونُ بِجانبِكَ دَوماً حتى البقيّةْ

Now I can always be with you.

I am truly freed from the spell.

I thank you for your brave light.

I'll always be with you and feel very well.

53. Maintenant je peux toujours être avec toi,

je suis libérée de la malédiction.

Pour ton courage, je te remercie,

je suis à tes côtés pour le reste de ma vie."

54. So sprach sie und war wunderschön,
ein Mensch aus Fleisch und Blut,
hielt ihr Versprechen lebenslang
und allen ging es gut.

تحدثتْ فَتَجَلّى جَمَالُها المَعْشوقْ

الإنسانُ من لحْمٍ ودَمٍ مَخلوقْ

سأبقى وفيّةً بوعدي بشكلٍ موثوقْ

وعاش الجميع بخيرٍ وبلا فروقْ

Thus she spoke and was beautiful,

a lady of flesh and blood,

kept her promise all her life

and everyone felt well and good.

54. Elle parlait ainsi, et était si belle,

une personne, de chair et de sang,

a tenu sa promesse pour toute la vie

et tout le monde se portait bien ici.

Ende

الخاتمة

The End

Fin

Bilder zum Ausmalen

صور للتلوين

Pictures for coloring

Images à colorier

110

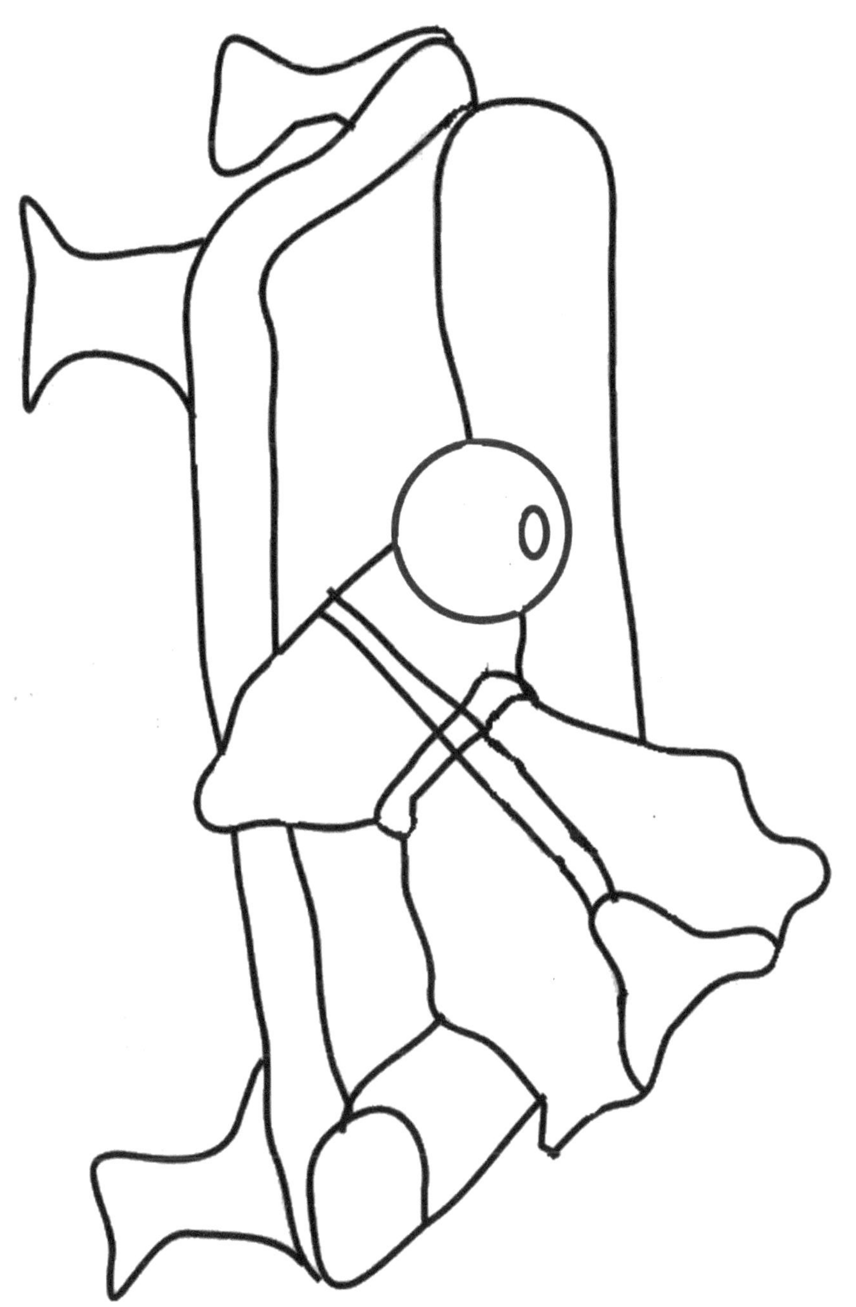

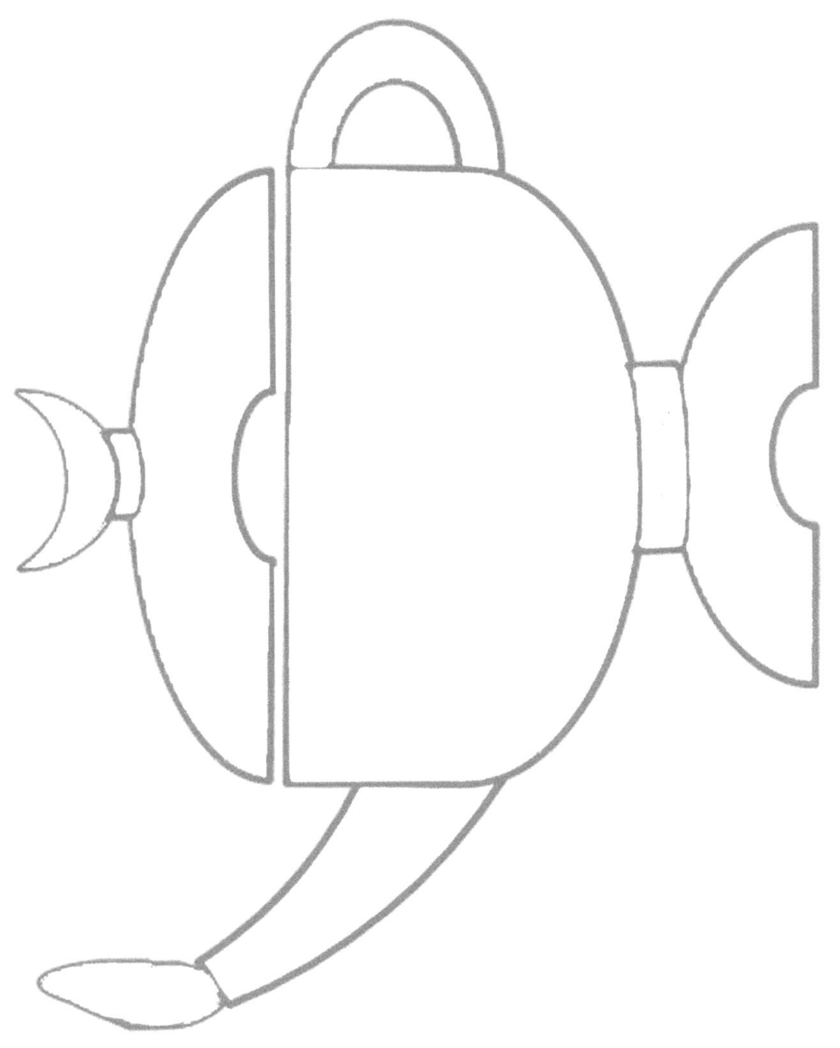

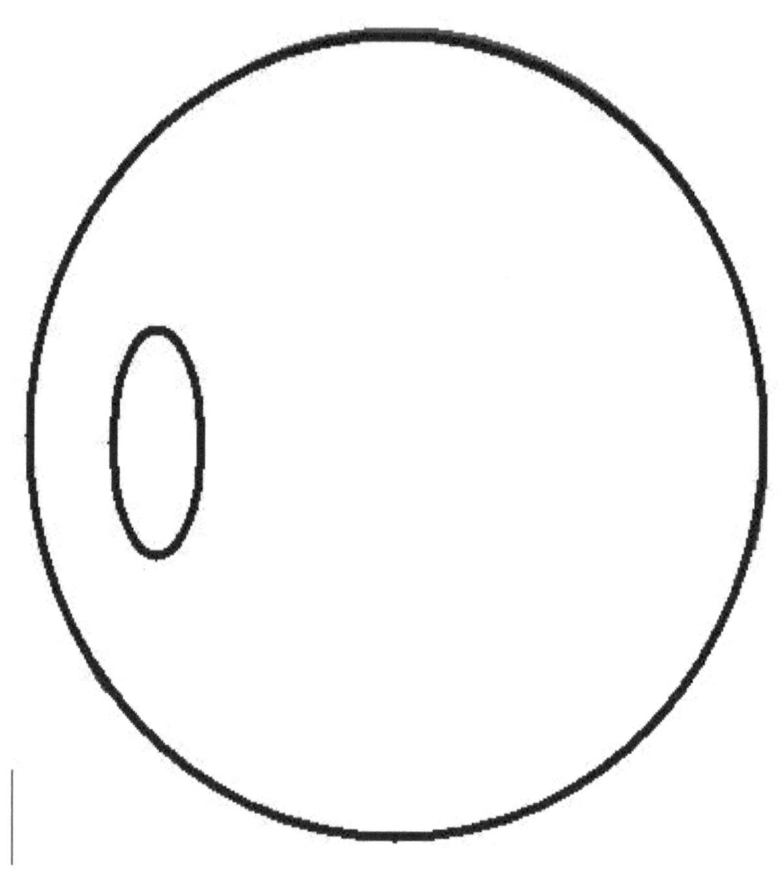

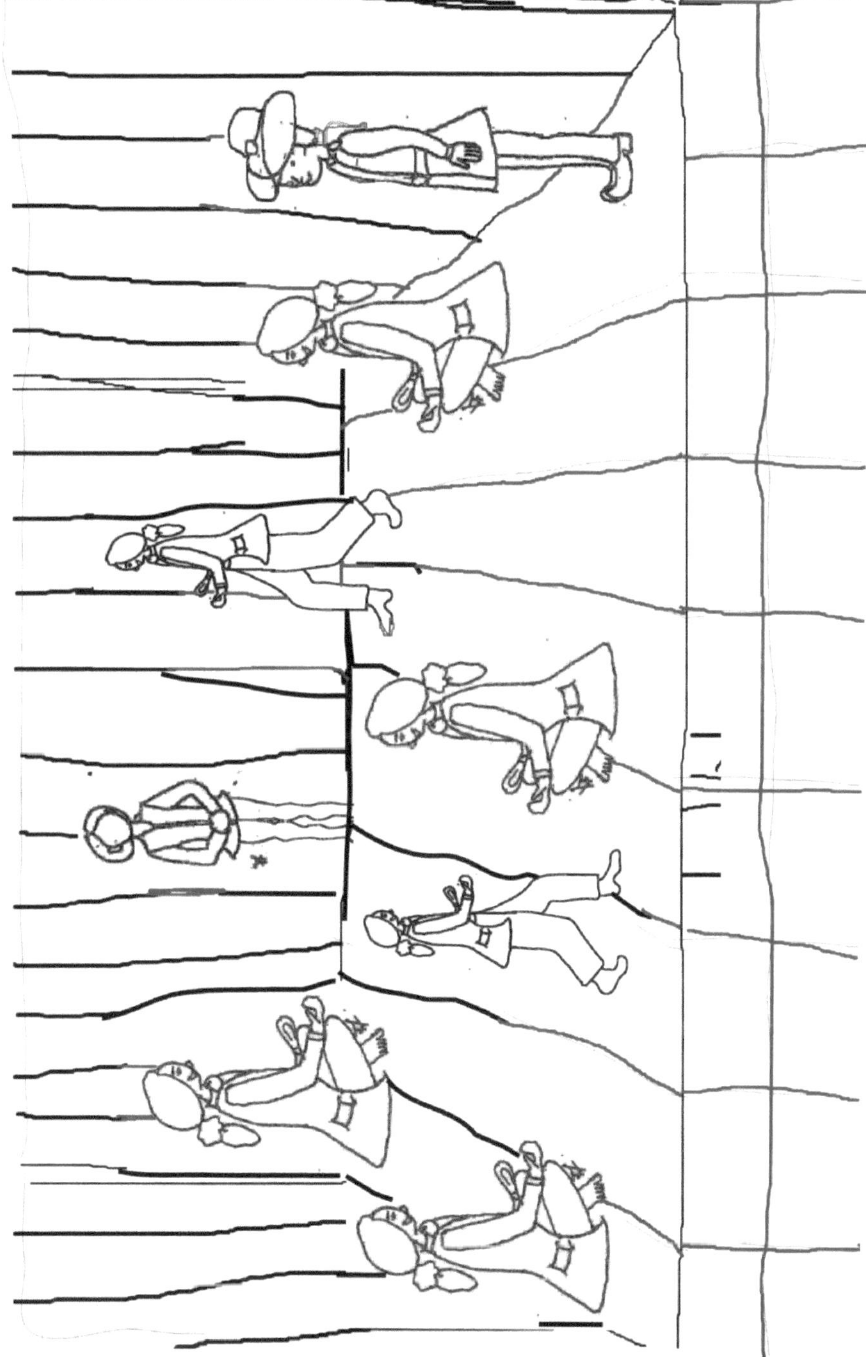

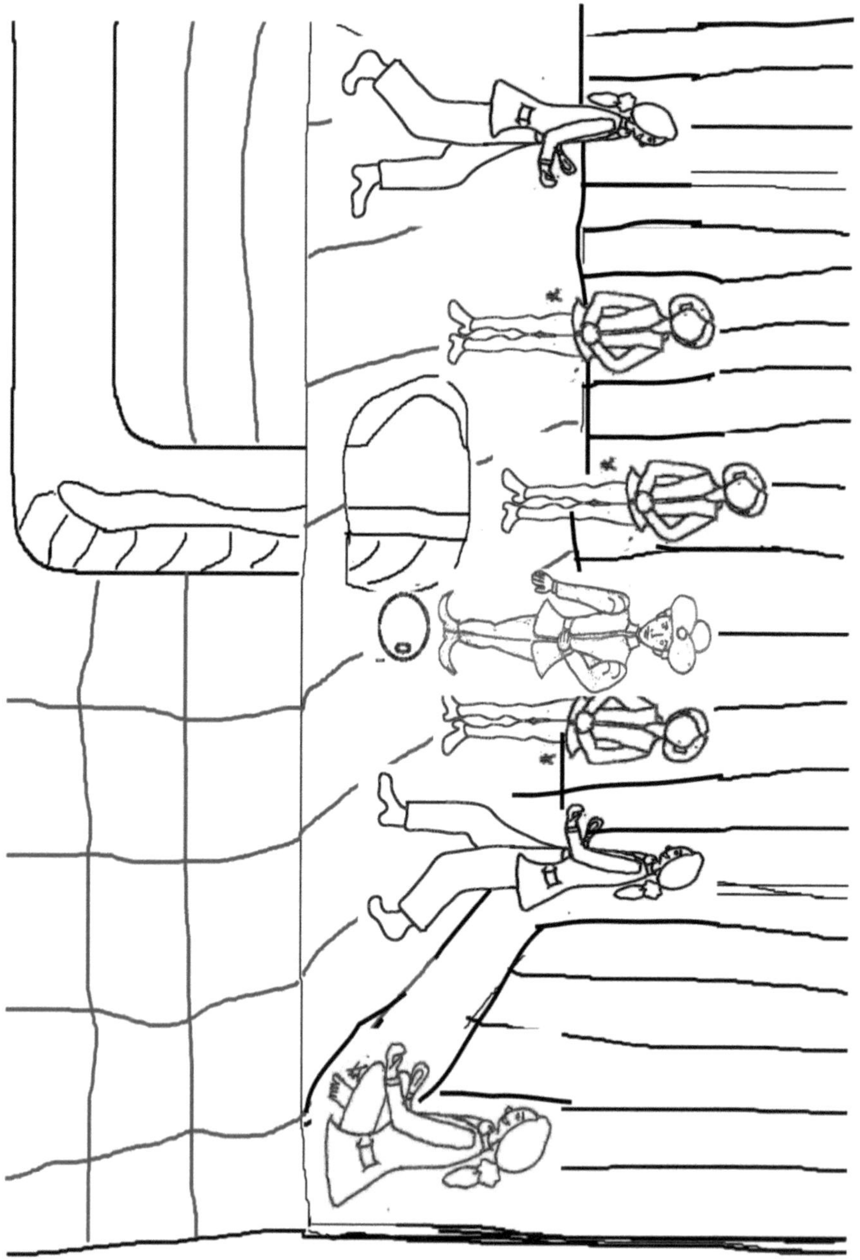

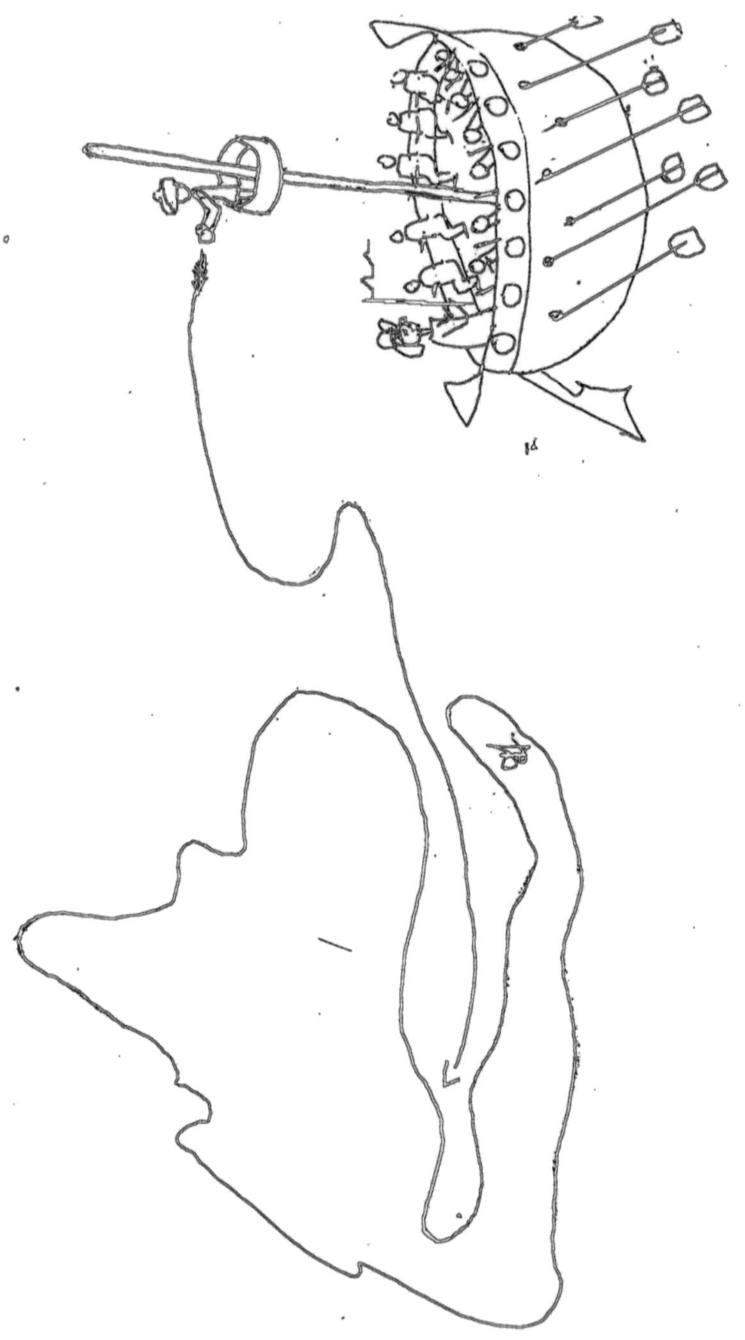

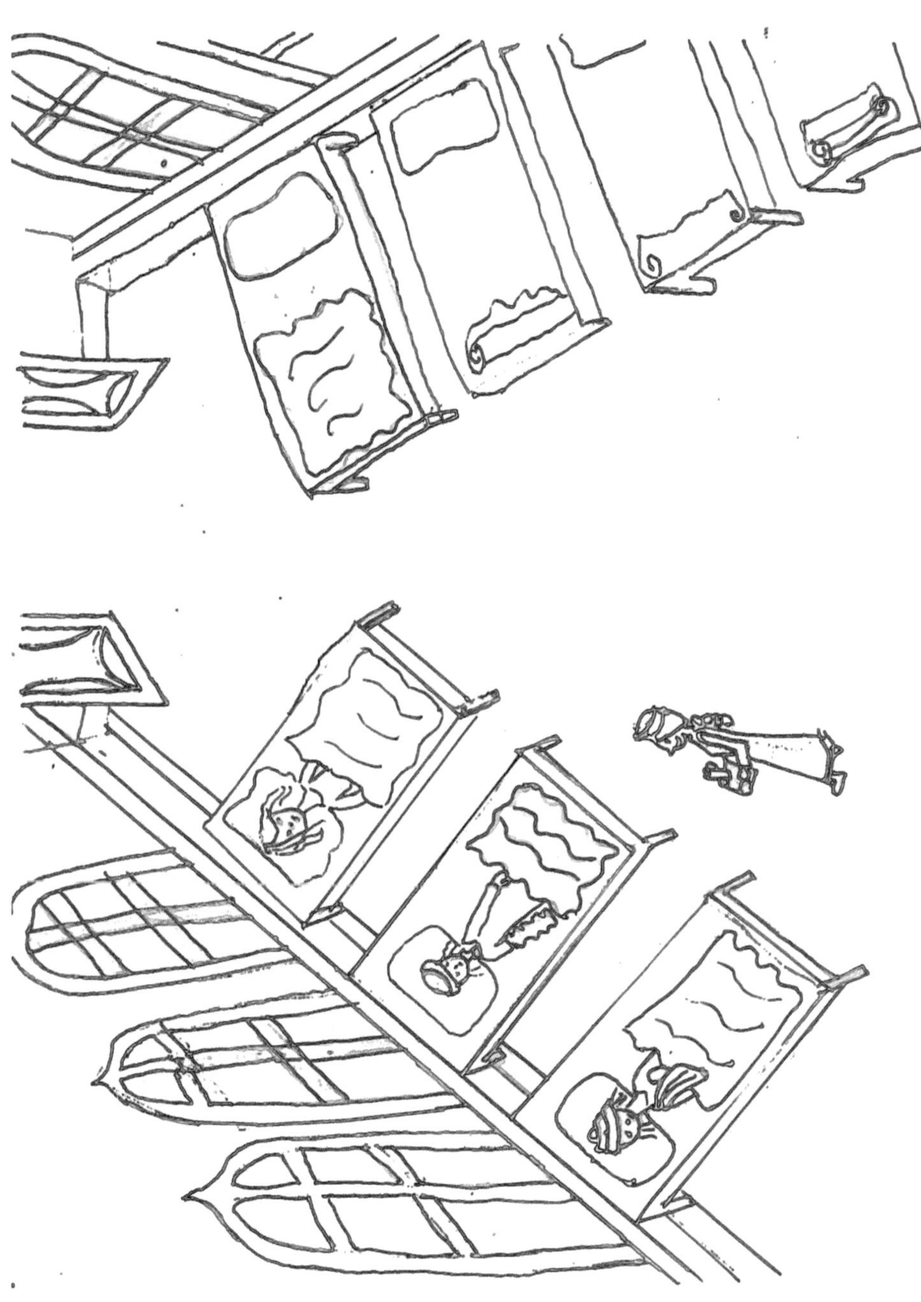

Musik

zu

Mustafa

von

Friederike Hapel

Mustafa aus Sansibar

Djinnys Tanz

Musik u. Text Friederike Hapel

Kurzvita
Friederike Hapel
ist seit 2007 mit verschiedenen Medien künstlerisch tätig.
Sie erhielt Förderungen für Projekte vom LMR/NRW,
dem MKW/NRW und dem Kulturamt
der Städte Bochum und Witten.

Aktiv tätig in der Flüchtlingshilfe gab sie von 2015 - 2017
ehrenamtlich Deutschunterricht für Flüchtlingskinder.
In der Zeit von 2018 bis 2022 wurde dieser
als Singprojekt vom LMR/NRW gefördert.

Inzwischen hat sie 11 Bücher veröffentlicht.

Theresa Kawak
ist eine syrische Mutter und Großmutter.
In Damaskus hat sie neben der Erziehung ihrer Kinder
auch als Grundschullehrerin gearbeitet,
Ihre Hauptfächer waren Arabisch und Französisch.

Außerdem unterrichtete sie Gesang
in traditioneller und populärer Musik. Sie hat im Theater
als Schauspielerin, Lehrerin und Sängerin gearbeitet
und in der Kirche als Solistin gesungen.

In Deutschland zeigte sie ihre große Integrationsbereitschaft
durch ihre erfolgreichen Teilnahme an Integrationskursen.

Friederike und Theresa
Im Jahre 2022 begann die Zusammenarbeit
von Friederike Hapel und Theresa Kawak mit dem Projekt:
„Die wunderbare Reise des Prinzen Mustafa.in vier Sprachen"

Dabei war die poetische Übersetzung auf arabisch und
französisch Theresas Aufgabenbereich. Die Gesamtleitung
und die englische Übersetzung fielen in Friederikes Ressort.

20.08.2023 fand die Premiere im Kulturrat Bochum Gerthe
statt. Ende November 2023 folgte die Veröffentlichung
der Ballade als Buch.

weitere Bücher von Friederike Hapel

Kinderbücher

Johnnys schönster Weihnachtsurlaub

Das kleine Mädchen mit den Hasenpfötchen

Pontifac und Schützchen

"Guten Morgen" sagt die Sonne

Bücher für Jugendliche

Das Krokodil im Katzensteinwald

Die Königsballade

Bücher für Erwachsene

Susann´s wunderbare Begegnungen

Der Christopherus und das Herz

Das Nikolausgeschenk

Geh aus mein Herz Nora Lee